中国多民族文学丛书 / 第一辑

阿丽玛的草原

阿依努尔·毛吾力提/著

作家出版社

阿依努尔·毛吾力提 哈萨克族，民俗学硕士，新疆作家协会会员，鲁迅文学院第十六届高研班学员。散文《阿帕》获第六届冰心散文奖。出版诗译集《唐加勒克诗歌集》，获首届"阿克塞"哈萨克族文学奖翻译奖。其他作品散见于《十月》《诗刊》《芳草》《民族文学》等文学期刊。

作者近照

编　委　会

目　录

阿丽玛的草原

阿丽玛的草原

禾 木

车轮驶过黑夜
尾灯闪烁　惊醒沉寂
疲惫的大地
酣睡在夏日的忙碌里

图瓦人的长袍
和哈萨克人的牛角纹
在禾木的雪原上　握手
继而在旷野上奔跑

古老的习俗
被遗弃于表演的舞台
阳光下的白桦树
背负着无数救赎的眼神

图瓦恋歌

图瓦人的村庄

冬日的木屋里

一盆炭火　温暖了冰花的寂寞

楚吾尔叹息着

诉说关于汗王的神话

图瓦孩子的眼神

异族母亲的亲吻

奶酒里流浪的灵魂

一滴眼泪

在歌声中滑落

喀纳斯的清晨

一万个人

用一万种词汇　赞美你

而我是他们中

最微不足道的那一个

我卑微地行走在你的疆域

生怕惊醒你怀抱中的生灵

生怕他们　对我报以悲悯的微笑

仓促写就的诗篇

每一个字符都透露着　一种惆怅

小草的歌唱

在诗人的倾听中复活

土豆的微笑

在纯净的眼神里驻足

梅花鹿优雅的跳跃

定格在喀纳斯冬季的风景里

在清晨粉红色的云彩里

一缕曙光　慵懒地醒来

阿丽玛的草原

流星雨

乌鸦欢笑着飞过

月亮和恍如隔世的云对望

我们　行走在神的后花园

笑容　吸收了夜的营养

散发着芬芳

爱人的吻　还在试探中

天空中

星辰们狂乱地

在午夜

持续着与地面的约会……

湖畔素描

三叶草的渴望　紫罗兰的梦想
埋藏在泰加林深处
哲罗鲑在湖底沉睡
为季节守住秘密

暗自啜泣的鸟儿
飞翔在天际
聒噪的青蛙
在记忆里歌唱

穿着高跟鞋
想着草原
血管里流淌着
额尔齐斯河的悲伤

向日葵

远远的那片金色的向往
迎着湛蓝的天空　微笑
在吉木乃干燥的夏天
那些早熟的向日葵
每一片花瓣　都写满渴望
我想停下来
和它一起疯狂
风　却将我带到了远方

牧 歌

你的歌声

迎着六月的微风

越过湿润的草原

来到我的身旁

那时

阿肯们还在酣睡

秋草场的牧草还在自由生长

那时

婚礼还在酝酿中

姑娘的心还在不安地期待

而你的歌

伴随着毡房袅袅的炊烟

飞向遥远的天际

角 落

苔藓默默地生长
拒绝着阳光的恩典
蚂蚁们辛勤劳作
延续着属于它们的梦想
风偶尔光顾
季节也时而交替
狗在树荫里午睡
在这个角落
没有人的脚步
世界如此安逸

西伯利亚的风

十月的西伯利亚

羽绒服包裹的身体

温暖

形同虚设

路上的行人

眼神和天气一样冷漠

教堂的钟声

遥远的祝福

与我无关

我在异乡的街头

寻找一根火柴的温暖

也许远离故乡

今夜的风格外寒冷

马

你是否见过马的舞蹈

风一样的速度

不知疲倦的旋转

披散的马鬃

如姑娘的长发迎空

在疆场

在草原

在阿布赉汗的传说中

每一部达斯坦

都离不开马的传奇

在那些鲜为人知的岁月里

马

先于图腾

植根于哈萨克人的记忆

于是

歌与马

载着哈萨克人

飞翔

土拨鼠的问候

如今　草原是我们的了
再也不会担心鹰和狐狸会吃掉我们
它们早已被人类捕杀干净
偶尔有一些也已到动物园报到了

我和我的同类幸福地生活在草原上
我们吃掉野花的种子　吃掉草根
我们幸福地恋爱
在草原深处建筑了一个又一个家

起风了　沙土被风吹起
今年的风格外冷冽
忽然怀念起往昔
怀念起牛羊粪便滋润过的牧草

那个时候　格桑花开满山坡
野草莓孕育在绿叶下
牧人的孩子追逐我们却并不伤害我们
童年和草原一样寂寞

那个勤劳的牧人

不需要追逐水草的日子还幸福吧

山的那边还有没有冬眠的土拨鼠

等待你来唤醒

荨　麻

试着靠近你
试着采摘你守护的那些薄荷
那些清香诱惑着我
让我不顾童年被你灼伤的记忆
在那些没有铁丝网阻拦的山头
你用无刺的绿叶
守护野花　守护薄荷　守护一切弱小的生命
你用隐形的汁液
让每一次侵犯都付出代价
你是被神派来守护这里的吗
可你柔弱的身姿怎么能担得起这样的重托
吞没一切的欲望
又怎么会在乎一棵荨麻带来的疼痛

在开往阿斯塔纳的火车上

碎玻璃划过的心

在开往阿斯塔纳的火车上

流着血

塔塔尔姑娘

吐着烟圈

发丝飘扬

对面的小伙子

用哈萨克人的眼神

向我张望

我虚弱地微笑

向着未知的命运

艰难地招手

阿拉伯少年

阿拉伯餐厅里
高鼻深目
恍如隔世的面孔
阿拉伯少年
白色衬衣
映衬着干净的笑容
让人心疼
陌生的城市里
我用面纱
遮住心动

轮 回

我们的相识
是在比今生更早的前世
你来自草原
我也来自草原

我抚弄你
倔强而卷曲的头发
依稀还嗅得到
马奶的清香

那个时候
在我们的草原上
你是我的汗王
而我是那个
梦想当王妃的姑娘

后来
草原沦陷了
再后来

我们都轮回了
再也闻不到泥土的清香

我等了比一万年还久的日子
我赤裸的双脚
踩在钢筋水泥的丛林里
我的泪水和鲜血
流成了一条河流

在河的对岸
我终于等来了你
你一再对我微笑
紧紧拉着你
美丽的新娘

阿丽玛的草原

麦　子

最后的景象是
我的麦子
躺在他人的马车上
绝尘而去

我的麦子
饮着我的汗水和泪水
长成金灿灿的珍珠的麦子哟
回报我的是惬意的离去

我干瘪的泪水
滴在裸露的土地上
无助的守望
凝固在枯黄的眼眸里

想起你日日摇摆期待的样子
恨不能为你辛勤劳作到咳血
却无法预知　分离
原来只是那短短的一瞬

赛里木湖之夜

祖母的故事里
你是永恒的题材
后来　祖母去了
你是我心中难解的谜

观光客的游记里
你是绚丽的风景
我没有翅膀
飞不到你的心里

当我千辛万苦寻到你
你用枯黄的草
尘土遍野的堤岸
捧住了我的泪水

如果祖母知道
她一定会
悲伤
哭泣

无声的世界

他们是如此安静

安静到让人忽视

被人忘记

只有在他们

旁若无人地

用手语交谈时

他们似乎已经习惯

形形色色的眼神

他们静悄悄地传递喜悦

他们静悄悄地传递悲伤

仿佛害怕惊醒

好奇的人们

可是即使静寂无声

还是无法摆脱

那些探索的目光

人们啊

请不要扰乱

这无声的世界吧

如果你渴望的

不是心与心的交流

羊

节日的清晨

羊

被一个个送上

祭台

它们

头向着真主安拉

所在的方向

在人们默诵经文之后

成为祭品

羊的眼睛

默默地流着泪

无罪的羔羊啊

替有罪的人们

赎罪去了

迟到的春天

五月了

巴里坤的草原还在沉睡

羊群在大地上艰难地寻找着绿色

牧羊人叹息着走过旷野

远处的山白了头发

冬天的风呼啸着不肯离去

孩子们用冻红的手搓着冻得更红的脸

我走在季节里　无处藏身

毡房顶上炊烟袅袅

那匹老马闭着眼畅饮松枝的清香

女人们忙碌的背影

不因这迟到的春华有丝毫的倦怠

阳光越过山　越过松林　越过山间的溪水

赶赴大地的约会

巴里坤湖面上

鱼敲打着冰　放声歌唱

阿丽玛的草原

某时花开

我拥有的是香气
深深浅浅　远远近近
是丁香　玉兰　还有栀子花
我想　像儿时那样
悄悄在花丛里沉睡
直到黄昏凝固在玻璃窗下

风停下来　与院里的猫对视
它的眼睛里藏着诗行
蝴蝶飞起来　炫耀美丽的翅膀
阳光穿不过厚重的绿荫
只好在树梢惆怅
不远处的花就在这一刻怒放

这个夏天　在喧嚣的都市
我拥有寂静的时光
在阳光下　在花丛中
在深不可测的命运里　追逐梦想
鲁院的五月　沉默不语
只留下花香弥漫在时光里

窗 外

窗外　是不知名的树

这些绿荫已经足够

让心灵栖息

鸟儿在清晨不知疲倦地歌唱

唤醒旧梦

雕花的大门紧闭

将尘世的喧嚣挡在门外

玉兰树在昨夜那场风的暴动中

失落了一地的花瓣

鸽子从枝头飞过

哨声是承诺　留给夏天

雨是云心里藏得最深的秘密

我驻足张望

将快乐悄悄收藏

时隔多年

心烦意乱的午后
一些焦虑
一些不安
这是怎样的重逢呀
除了叹息
还是叹息

那些甜蜜的等待
那些无助的守望
我垂下眼帘
你的光芒会刺痛我的心房
如果是秘密
就应该永远守口如瓶

这个夏天的午后
空气里弥漫着
黏稠的欲望
它披着爱的外衣
来到了我们的身旁

秘　密

我总是透过你的镜片

看你的眼睛

就像我仰望星空

企图探知星辰的秘密

虽然明知那是徒劳的

人与人

在无数眼神的交错中

越来越近

心与心

在无尽的言语的交流间

越走越远

然而

在这个正午的暖阳里

我似乎知道了你的秘密

你迟早会离开这里

回到你最初的故乡

你发出第一声啼哭的地方

温柔的水乡

天鹅的故乡

——巴音布鲁克之行

当痴情的天鹅

不再为爱情飞翔

当疲惫的骏马

不再驰骋于草场

当质朴的哈萨克

不再为理想歌唱

天鹅的故乡啊

你忧伤的波光

在草原的最深处

百转愁肠

夏　天

我的快乐　是和你并肩

站在太阳下

即使属于我们的

只有那一寸光阴

在你琥珀色的眸子里

我看到飞鸟的倒影

这个夏天

它们穿越了所有的忧伤

在没有喧嚣　没有尘埃的旷野里

尽情飞翔

我们　用沉默回应群山的沉默

用雨水清洗了所有树叶

让绿色更加持久和鲜亮

黑加仑紫色的血液沁透我的掌纹

焦灼的词语停留在微启的双唇

夏牧场的草

正和爱一起疯狂

醒着的梦

我躺在小屋里
耳畔是城市的喧哗
街上车来车往
路灯闪闪发光

我拉上厚厚的窗帘
躺在自己的黑暗中
我用这样的方式
拒绝和城市和解

梦想在无边无际的夜里
疯狂地生长
寂寞在找寻一个缺口
攻占我的城池

而我在找寻
一个理由
让我离开家乡
去你生活的远方

撒旦的诱惑

当我走向那约定的地点时
撒旦就已经尾随着我
我听见他的脚步
却无法停下来

当我端起酒杯的时候
我看见撒旦在灯影里的笑
却无法不喝下
撒旦酿制的玫瑰花酒

撒旦在我的皮肤里游走
冰冷的我于是握住了你的手
在你黑的瞳仁里
我看到了撒旦的胜利

你温柔的话语
是撒旦的凯歌
我落下泪来
你却不知道是为什么

弥　勒

你不是我的佛
你无法带给众生喜悦
你的快乐是你自己的
和我们无关
你端坐在雪窦山顶
阳光下的笑容
了无牵挂
田野里
一只野蜂在哭泣

香 山

你的诺言
在我枯萎的梦里醒来
洒落一地的红叶
甜蜜的告白
葬在记忆的坟冢
昨夜的风　让爱
凝结成盐
伴随着泪水
在心的最深处　闪烁

致癌症病房的人们

这里

是世界上最无奈的地方

这里

生命的钟已进入倒计时

这里

老人们沉重叹息

每一个清晨　迎着太阳

在心中庆幸

又活过了一天

这里

孩子们小声询问

睁着好奇的眼睛　弄不懂

为什么　妈妈的眼

总有流不完的泪

这里

天使们一次次从死神手中

夺回宝贵的生命

在荒芜的生命尽头

盛开着一朵朵爱之花

图　腾

以天鹅为图腾的哈萨克
追随着四季的脚步
在天空　在草原　在湖畔
坚守爱情

以天鹅为图腾的哈萨克
一年一年辗转迁徙
带着盐　带着馕　捧着信仰
奔赴太阳的约会

以天鹅为图腾的哈萨克
停不住脚步
割舍不下草原
背负着遥远的乡愁

哭嫁歌

亲人啊　你终于硬下心肠
看着我为爱情远嫁他乡
迎亲的冬布拉已经奏响
伴随着琴声我高声哭唱
枝头的喜鹊也黯然神伤
草原的夜莺将离开故乡
钢筋水泥的丛林有没有它歌唱的地方
远处的梅花鹿驻足观望
漆黑的眼眸早已写满忧伤

喊一声母亲啊
你辛勤把我养育
难道就为今天
亲手为我披上嫁衣
我知道每一条花纹
都是你亲手所绣
让我在出嫁的这一天
分外美丽

唤一声父亲啊

我再不能陪你放牧

让我的歌声

减轻你心中的疲惫

唱一句老祖母啊

不要盖上我的面纱

让我在泪光中

再看一眼你额前的白发

门槛啊　请你高一些

再高一些

能挡住我远嫁的步伐

迈过你我就将结束这

无拘无束的年华

马儿啊　请你慢一些

再慢一些

让我再看一眼

碧绿的草原

我的家

赠　别

记不清已有多少次
送你离开这个城市
又有多少次
在黑暗中等待你的归期

时光被拉成长长的线
我把思念就这样织在岁月里
你的气息留在我们的小屋里
在梦与梦之间融化为我的泪滴

电话静默在一旁
连接着你的追求我的落寞
一张张票根夹在书页里
记录着一次次的相聚和别离

什么时候可以不再
走上伤心的月台
让两颗心
分离成两种孤寂

雁南飞

在北方的第一场雪中

我目送你远去

在我温柔的注视下

你越飞越远

远到我的心

都无法到达的地方

我不怕等待

我愿意守望

只要来年的春天

你的爱

能在冰雪中

醒来

无　题

我想以飞翔的姿态
永远驻足于你的心灵
虽然在流星划过天际的时刻
我一样也会陨落
此刻
我在两万尺的高空
一遍遍温习
你的笑容
在遥远的天际
一个人
默默地
流泪

再没有比你更久远的悲伤
能让我如此惆怅
自从和你分离
快乐就成了遥远的天际
那点微弱的星光

阿丽玛的草原

阿拉木图的奶茶

在阿拉木图的街上
找不到哈萨克人的奶茶
只有英国的立顿
和俄罗斯的咖啡

你执意让我喝奶茶
立顿红茶浓艳的茶汤
加牛奶再加糖
我的眼睛忽然溢满泪水

你用普希金的浪漫
吻去我的眼泪
哈萨克草原的礼数
让我眼帘低垂

两个乌孙人的后裔
终究在
阿拉木图的街头分离

阿丽玛的草原

离 歌

那个夜晚

你在人群中看我

不顾众生的

顶礼膜拜

我的主啊

那是怎样一种奢华

苍白的语言

永远无法抵达心的彼岸

而你是大家的神呀

你的心如浩瀚的宇宙

哪里有边

哪里又有岸呀

那个夜晚

你在人群中看我

我知道　我的心

从此不再寂寞

谜

孩子呀

你那碎玻璃一样的忧伤

到底来自哪里

我一遍遍倾听

你内心的声音

却始终无法读懂你

一个四岁孩子的心灵

是我离纯净太远

还是我离浮华太近

你曾经在我的腹中

成为我藏得最深的秘密

经过了十个月的酝酿

却从此分离

你用第一声啼哭

宣布了自己的独立

从此

你成了我最难解的谜

寄　语

乌鸦对自己的孩子说

你是天下最白的精灵

刺猬对自己的孩子说

你是世上最软的甜心

骆驼对自己的孩子说

你是我活着的理由

而我对自己的孩子说

你是我心中藏得最深的快乐

你呀

用纯洁的眼神看我

让我相信世界的美好

你呀

用稚嫩的声音喊我

让我记得灵魂的所在

你呀

用暖暖的手抚摸我的面颊

让我一次次泪如雨下

你呀

居然拥我入怀

奶声奶气地安抚我
你呀
我要用什么样的语言
才能让你明白
有的时候
哭并不代表伤心和难过

阿丽玛的草原

折翼的天使

你的出生

伴随着眼泪

你听不到自己的哭泣

天使断了双翼

落在你蔚蓝色的眼睛里

我将你轻轻捧在手心里

你赤裸的身体

散发着迷人的光芒

你小小的心

在无助地跳动

到底是谁

在秋天的风里

将你遗弃

午夜的街头

在京城
午夜两点的街头
一个三四岁的孩子
跟着自己的母亲
在卖气球
我们几个
已经成为母亲的女人
慷慨地拿出钱
买下了略有些贵的气球
气球是商品
孩子却是道具
我亲吻了孩子
无邪的眼睛
却看都没有看一眼
那个连孩子的自尊
都能出售的母亲

天池故事

高山上的一池碧水

像盛装美人

绽放在群山的怀抱

让每一个驻足的人痴醉

冬布拉的琴声

由远至近

游人如织的湖畔

小伙子牵来心爱的马匹

献给远道而来的游客

黑骏马神色黯然驮着他们

乖巧地一再放慢步伐

这里不是它可以驰骋的草场

赛马和叼羊也不再是传统的游戏

生活在城市的哈萨克姑娘

一次次来到这里

寻找自己的部落和图腾

忧伤的湖水

浸透了她的内心

却用博格达的体温

安抚了她的灵魂
失去了部落的姑娘呀
在天池湖畔
邂逅了她的前世……

挽　歌

最初的怀念是真实的
在经过七天七夜的哭唱之后
流泪变成习惯
思念变成表演
哭唱挽歌的人成为诗人
出口成章
在哈萨克草原上
在悲痛欲绝的人群中
逝者的面孔
渐渐模糊

香　味

和田的玫瑰

伊犁的薰衣草

祖母家院后的沙枣花

在童年的记忆里相遇

儿时的我

睡在花丛里

天使和天使牵手

在林中散步

疲惫的灵魂

在香味中栖息

惊喜的祖母

用裙摆裹紧

赤身裸体的孩子

萨满的预言

验证在秋天

那时

桂花飘香

裙袂飞扬
爱和爱相遇
在晚归的途中

狂 欢

在乌鲁木齐的哈萨克餐吧

我们吃着国外流行的色拉

喝着伊犁产的美酒

传统的食物

有些拘谨地待在亚麻布的餐桌上

来自国外的哈萨克歌手

用母语歌唱

空气里流淌着

混血的味道

我们尽情舞蹈

将草原和雪山

远远地抛在身后

命　运

我的脐血

没有滴落在草原上

所以注定了今生的漂泊和忧伤

族人的图腾

遗忘在历史的尘埃中

牧人的后代

行走在季节里

牧道

伸向远方

九　月

九月
旱獭在林间嬉戏
松鼠在树梢恋爱
狗熊在寻找蜂蜜
牛在反刍中
咀嚼秘密
羊群在牧羊犬的守护下
安然入睡

九月
奶酒醇香
灌满我的皮囊
风中的手
轻轻抚摸面颊
白天鹅载着梦想
在白昼柔和的光影里
飞向秋天的牧场

缘

在艰难地转身之前
是一场注定了的相遇
那些飘零的红叶
不过是命运的又一些
无奈的寄语
十五岁的少年
跑过年轮
看见睡在花丛中的婴儿
当青春瘦削成
一张苍白的纸
终于等来了
迟到的凝眸
无法解读的情节
被命运之手抚过
未知的一切
被重新编排
从此
是否能够永不分离

那些快乐

童年　在一次次的回忆中

日趋完美

记忆被岁月的网过滤

只留下金色幻影

被荨麻灼伤的手指

还在幸福地疼痛

为了野草莓的甘甜

我们在清晨　翻越三个山头

深山里鸟儿在歌唱

山坡上长满果实

在采摘的繁忙中

太阳滑下山坡

我们和牧归的羊群一起

载着那些沉甸甸的快乐

慵懒地走在

归家的途中

桂　花

花香在小径　在舌尖　纠结
燃烧的发丝　在桂花树下　飘扬
画框褪色　描红鲜艳依旧
摇曳在枝头
你我的爱情
在未知的岁月里　暗香浮动……

海的咸是另一种渴

住在离海最远的那个城市
我的渴是沙　是风　是胡杨倒伏的身姿
是铺天盖地的绿也掩不住的那抹黄
你是知道我的
前生是水　今生是火

你呀
总是笑我　嘴唇干渴　眼神焦灼
你呀
总是用湿润的吻
安抚我身体里的鱼

我们在深夜出走
传说中的阿克库拉神驹载着我们
奔向遥远的海边
海和天的蓝没有边际
先是浓雾　海风　接着是日出

我们坐在礁石上　迎着风歌唱

我把梦藏在你柔软的眼神里
等待着花开
我的鱼在我身体里低语
海的咸是另一种渴

阿丽玛的草原

噢　南疆

1

如果天山没有阻隔那些雨水
如果沙漠没有在你的腹中孕育
如果叶尔羌河没有断流
你一定比江南更多情

你的瓜果如此多汁
甜蜜如九月的寓言
你的姑娘如此娇艳
让彩虹都失却颜色

把爱装满我的皮囊
带上我的虔诚
一路向南　奔向你的怀抱

在琥珀色的黎明
在风与沙粒的舞蹈中
一路向南　等待你的拥抱

2

古老与现代在城中相会
新月与太阳争辉
头巾里跑出的卷发
盖住奥斯曼描画过的眉

噢　这神秘之城
迎着太阳缓缓解开面纱
夺目的美　让人眩晕的气息
一点点渗透记忆

小巷里　男人们做着手工
女人们烹煮早茶
婴儿在阳光下熟睡

旅人啊　请放慢脚步
留下来　和我一起
品尝这甜蜜的清晨

3

传统土陶传人
我不知道这样的封号对你有什么意义
你依然贫穷
和你的土陶一样依然落寞

我们的好奇误导了你
你热情地将我们迎进你破旧的作坊
给我们讲解制作土陶的工艺
将所有的真诚和盘托出

在这场盛大的相遇里
你耗尽了自己的一生
这个秘密盛在那些陶罐里

那些被爱锻造出的土陶
站在尘埃里
永远保持着缄默

阿
丽
玛
的
草
原

4

祖力菲叶　我的朋友

喀什葛尔的神秘

麦盖提的羞涩

交织在你的裙摆

善良和宽容

让你的话语

散发着天使的芳香

叶城的小伙子

蠢蠢欲动的心

在你的温柔眼神里却步

什么样的爱

才能配得上你

与生俱来的高贵

初夏的十七个瞬间

1

这个夏天　你日渐深入我的生命
带着漫山遍野香水百合的味道
在梦与梦之间　在心与心之巅
在疼痛与快乐相依的时刻

2

你抚弄我青草的发辫

你的叹息让我心酸

风对我耳语

阳光注视我鲜花般盛开的容颜

3

爱情自远方来　　缠绵着　　走在我身后
初夏　　花朵们结了盟　　在清晨开放
我坐在花丛中　　怀念你送我的第一束百合
那些花香　　那些往事　　还有那些时光

阿丽玛的草原

4

初夏的雨　下了一夜
路灯下的街道清冷而寂寞
让我想起不属于北方的那些青石板路
夜太深　我独自醒在过去

5

再遥远的距离如何隔得断思念
漫漫天涯路又如何跋涉到尽头
那些从未说出的话　那些甜蜜的词语
那些生命里一次又一次的错过

6

你爱上我的那个时刻
太阳刚刚升起　晨雾中的海水没有颜色
我站在沙滩上　裙袂飞扬
天使躲在云中　向我微笑

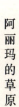

7

我不要无关痛痒的问候

那些词语太轻　太薄　太缥缈

我情愿你在异国他乡的夜晚

点一根烟　在烟雾中　将我久久地怀念

8

这个夜晚　我枕着自己坚硬的触角入睡
你在海轮上欣赏斜阳　你爱的是那些美好与柔软
而我的世界　空气稀薄
没有水的陆地上　我学着用鳃呼吸

9

你爱上的是我身后的毡房　你爱上的是我裙摆的阳光
你爱上的是我脚下的草原　你爱上的是我眼睛里的风光
亲爱的　我知道你爱的真的不是我
可我还是把你当作我的汗王

10

整整一天　我尽情挥霍时间　看着太阳东升西落
就像挥霍我的爱情　从两情相悦到飞蛾扑火
我们跋涉了几乎一生才得到的相遇
其实不过是那短短的一瞬

11

每一天我都要经过那片郁金香

它们还没有怒放　还没有昂起头向着天空呐喊

也许　它们在等一场雨和一些温暖的风

也许　它们和我一样　等待着你的召唤

12

有时候这个城市会和我一起忧伤

风是冷的　雨水是冷的　连清晨的露珠也泪盈盈的

我抬起头倾听远处的鸽哨

那些鸽子　它们会带来你的消息吗

13

那些燃烧过的夜晚　我们躺在废墟上
我讲一千零一夜的故事　你静静地听　像个国王
那样的夜晚太短　短得像一声心跳
我在你的梦境里听到自己的哭泣

14

我的前生一定是鱼　那条爱上王子的美人鱼
我走在人世的每一步　都是用踩在刀尖上的痛换来的
可你的世界太满　没有我的栖身之所
最后的时刻　我化作大海的一滴眼泪

15

又一个黎明　我穿过城市里稀疏的树林
微风送来远处丁香花的味道
我想回到最初的时刻
让额尔齐斯河的水　不再悲伤

16

今天　我在鸽子的咕咕声中醒来

对着天边的朝霞微笑　我会在空气中找到你的味道

今天　你一定会回来

然后在另一个城市　开始另一种分离

17

一整天我都在等待
从最初的欣喜到最后的落寞
可你没有只言片语给我
这个夜晚　我的心露宿在旷野

那片花

天山北坡的那片花

正为找寻它的人盛开

那个千里迢迢　飞奔而来的人

捧着一颗虔诚的心

从呼伦贝尔草原出走

在城市里漂泊的灵魂

无处安放

这个季节　那片花

用燃烧的生命

迎接阳光的面容

只为那一曲嘹亮的牧歌

邂　逅

那个日子　并不特别
没有浪漫的雨做背景
也没有多情的风的参与
我甚至不记得那天的天气

我穿着天蓝色衣裳　行色匆匆
人群中忽然有了温暖的注视
我慌乱地张望　眼神羞涩
你在不远处抽着烟　假装漫不经心地看过来

我叹口气　暗自惆怅
人群淹没了我们　而我的微笑还没有来得及送出
那场邂逅　我被甜蜜击倒
从此病入膏肓

象　征

孩子固执地沉默

拒绝在钢琴和冬布拉之间选择

只用手指轻轻放在钢琴

优雅的黑白键上

我叹口气　放弃了任何努力和暗示

冬布拉　狐皮　狼皮　悬挂在正屋的墙上

成为象征

也许　多年以后

孩子也会站在这里

轻轻拂去冬布拉上的尘埃

风吹过

风吹过
在我落魄的心里写下悲歌
迟开的一株百合
扰乱了整个季节

风吹过
失神的眼眸里梦境寥落
悲伤抵达

风吹过
星星爽约
我为你而陨落的那个夜晚
所有的树都哭了

水西沟诗篇

关于季节的歌

已经被我们唱尽

在水西沟多雨的午后

远处　黛青色的山在太阳下舒展身体

云彩轻轻落在群山肩头

甜蜜的梦想

在词语中发酵　酿成美酒

夜色悄然而至

我们在烛光中歌唱

空气中芳香弥漫

我们在夏天

眺望遥远的岁月

生　日

每年的这个时刻

我会有些快乐　有些感伤　有些不知所措

随着岁月改变了我的模样

随着秘密越来越少　随着真相越来越多

我却变得有些迟疑　有些困惑

你说我冰雪聪明

我便认真地点头

不理会身后被自己抛下的那些傻

人生还没有到总结的时候

我只是停下来偶尔想想自己　想想你

青春　记忆　爱和恨　终将远离

你和我　也会相跟着离开这个世界

那时　我愿意变成那些候鸟

和你一起飞越整个宇宙

来吧　我已经藏好悲伤

如果夜太黑　我还可以点亮自己

母亲节

这个母亲节
我们依然缺席于彼此的生活
就像我们从不曾温柔地拥抱
我们总是争吵　总是怨恨
总是不能原谅彼此
而后不断后悔于自己的坚硬
多少年了
我辗转于别人的亲情与爱情中
总是企图找到什么
来填满我空空的怀抱
而你　也在一天天的等待中
渐渐老去

阿丽玛的草原

一

阿丽玛是草原上最美的姑娘
阿丽玛有一双会说话的黑眼睛
和一颗善良的心
还有着夜莺般动听的声音

阿丽玛的父母在城里工作
阿丽玛在草原上和阿帕相依为命
从马背小学毕业的那年
阿丽玛的父母来到了草原
他们要接阿丽玛到城里上中学

十二岁的阿丽玛
用自己的方式拒绝了父母
她站在毡房门口
和着泪水唱了一夜的歌

于是阿丽玛的父母做出了妥协
他们同意阿丽玛不离开草原
但停止学习是他们不允许的
倔强的阿丽玛开始了从草原
到乡里走读的生涯

每天清晨天不亮
阿丽玛就起床烧好醇香的奶茶
给阿帕温在壶里
匆忙啃几口抹了酥油的馕就出发了

草原上早起的人们都心疼阿丽玛
都愿意骑马送阿丽玛一程
剩下的路程阿丽玛
唱着歌连蹦带跳走了

阿丽玛放学的时候
草原上响起她的歌声
牧羊犬就成群结队地
撒着欢去接她
很多年后阿丽玛回忆说
那是她最幸福的时光

就这样阿丽玛长成了
草原上最美的姑娘
阿丽玛考上艺术学院的那年
她的阿帕倒在了心爱的草原上
阿丽玛的哭歌

让天地动容

阿帕下葬的那天
草原上下起了历史上
最大的一次暴雨
忧伤的阿丽玛
告别了和她一样忧伤的草原

中国多民族文学丛书

二

几年后
在冬窝子过冬的牧民们
在自家的电视机屏幕上
看到了阿丽玛
阿丽玛手捧奖杯和鲜花

当记者将话筒
送到阿丽玛的嘴边时
阿丽玛微笑着
唱起了哈萨克古老的歌谣

家乡的老人们
抹起了眼泪
一遍遍感叹
好姑娘啊
没有忘了我们的草原

从此后阿丽玛成了名人
家乡的人们常从电视机里
看到阿丽玛的身影
阿丽玛成了最年轻的歌唱家

阿丽玛也开始拍电影了
阿丽玛频频出国了
有关阿丽玛的谣言也越来越多了
阿丽玛的头发越剪越短了
阿丽玛的笑容也越来越苍白了

草原上的人们还记得
阿丽玛最后一次出现在
电视机屏幕上
她穿着紫色的长裙
接受了采访
她不断地向记者重复
"我想回家"
眼神凄美
神情无助
草原上的老人们
流下了热泪
"这可怜的孩子"

阿丽玛从此消失了
有人说她自杀了
有人说她出国了
有人说她嫁了富翁
成了阔太太了

不管人们怎么猜测
阿丽玛像水汽一样
从人们的眼前

永远地蒸发了

人们开始怀念阿丽玛
夜莺般动听的歌声
人们开始怀念阿丽玛
青春无畏的笑容
然而　新的偶像又出现了
阿丽玛渐渐被人们遗忘了

三

这一天
又到了草原上转场的时候
毡房都已经打包装好了
骏马的马鞍也已放上去了
就等着喝完最后一壶奶茶
转场的队伍就要出发了

草原上牧羊犬们
忽然开始齐声狂叫
有一只老牧羊犬
不顾一切地冲了出去
带走了所有大大小小的
牧羊犬们
牧民们怎么喊都
阻止不了它们

哈玛丽娅老奶奶
走出毡房
颤抖的声音
掩不住内心的激动

快煮好奶茶吧

快弹起冬布拉

准备好草原的盛会

迎接这草原的女儿

远处的黑骏马越走越近

几里外就受到牧羊犬的

热烈欢迎

阿丽玛的眼泪

像断线的珍珠

颤抖的嘴唇

合上了夜莺的歌喉

草原的欢腾无人报道

只有远处的雪峰记下了

此时的欢笑

蒙羞的信仰

——写在巴黎连环恐怖袭击之后

曾几何时　我们可以骄傲地宣布我们的信仰
因为主告诉我们要真　善　爱
他对苍生的悲悯
堆砌起我们信仰的石墙

虽然麦加城下
也曾布满眼泪和血迹
可我曾坚信
那是为传播正义付出的代价

而今　当海水被鲜血染红
当一座座城市被恐怖笼罩
当稚嫩的眼神不解地面对
所有的愚昧与残忍

先知又将如何面对他最初的教义
那些信徒又如何面对自己嗜血的同类
冷血的撒旦啊　把枪口对准我的胸膛吧
如果我的血可以洗刷你们留在新月上的污痕

梦　想

我有一个梦想　它并不华丽
却总是难以企及

我梦想地球是一个家园
所有的人们情同手足

不会因肤色遭人歧视
不会因残疾让人遗弃

没有战争　没有硝烟弥漫
没有让人心碎的悲伤和别离

没有政客们运筹帷幄的笑容
没有被欺骗了的那些真诚

没有疾病　没有瘟疫
没有饥饿　没有杀戮

我们分享每一份食物　分享每一滴水

让每一个生命在关爱中延续

抛开种族　抛开国家　抛开所有的一切
让爱将我们维系

这是我的梦想　它并不华丽
我走在追梦的路上　不怕前方的荆棘

我的家乡　我的新疆

我想说我爱你
但我的爱太渺小
它配不上你昆仑的巍峨
也配不上你塔里木的辽阔
我的家乡啊　我的新疆

我想为你歌唱
但我的歌声不够嘹亮
它配不上你千里松涛的合唱
也配不上你万亩旱田的麦浪
我的家乡啊　我的新疆

维吾尔姐妹的香馕
哈萨克同胞的那仁
蒙古兄弟的奶酒
将我滋养
我的家乡啊　我的新疆

和田的玫瑰

伊犁的薰衣草

草原上不知名的野花

让我芬芳

我的家乡啊　我的新疆

北疆是我夏季的闺房

南疆是我冬天的温床

离开你哪怕是短短的几天

都会忍不住向西张望

我的家乡啊　我的新疆

《福乐智慧》的荣光

《玛纳斯》的嘹亮

阿肯的欢歌和着楚吾儿的低吟

和唐诗宋词一起飞扬

我的家乡啊　我的新疆

骏马驰骋　百灵欢唱

勤劳的人们啊

六十年风雨兼程

收获了幸福　收获了安康

我的家乡啊　我的新疆

手拉着手　心连着心

爱和爱相遇在同行的路上

不同的文化　共同的心愿

建设出一个最美的地方

我的家乡啊　我的新疆

家

自从你离开

我便没有了家园

我开始了在人间

最艰难的漂泊

夏天　我住在云里

一颗颗地把眼泪变成雨滴

冬天　我住在风里

一块块地把自己的骨头嚼碎

我徒劳地在记忆里打捞你

你留给我的羊毛披肩

无论我如何珍藏

它还是被虫蛀了

你唱给我的那些歌谣

我一遍遍唱给自己的孩子听

可你的音容

却在日复一日的吟唱中变得模糊

北　方

积雪还没有融化
风依然刺骨
来自北方的你
背靠着枯树簌簌发抖

你说你爱北方的雪
北方的山河
还有生活在北方的
牧人和马匹　还有我

我凝视你的双眼
看到海　看到沙滩
看到不属于我的阳光
也看到那些悲悯和忧伤

在你永远无法抵达的北方
风景日渐沉默
你的爱挽救不了
越来越多的荒凉

有时候

有时候我会远离人群
逃离城市
来到阳光下的草原
闻一闻青草的芳香

我抛弃我拥有的一切
一些财富　一些学识
一些光鲜亮丽的衣裳
用它们换来一些牛羊

我拿出我珍藏的一切
祖父留给我的皮鞭
祖母留下的银马鞍
轻轻放在我的马背上

有时候我想远离喧嚣
就这样回到我的草原
做一个真正的
牧羊姑娘

草原传说

1

噢　我的族人　我愿意翻阅经典
在那些达斯坦①里遍寻你的足迹
我的逐水草而居的先民啊
请允许我跟随你流浪

在阿布赍汗②的传说里
我找到了你的骏马
在芭彦③美人的守望里
我看到了你的眼神

穿过历史的尘埃
寻找你温暖的大手

---

① 达斯坦：哈萨克民间叙事长诗。
② 阿布赍汗：（英语：Ablay Khan；哈萨克语：Абылай хан；1711 年 – 1781 年），哈萨克汗国可
汗，出身哈萨克中玉兹汗，1771 年成为整个哈萨克汗国的可汗，哈萨克汗国杰出的政治家，军
事家，外交家。是哈萨克汗国可汗杨吉尔汗的五世孙。
③ 芭彦：哈萨克民间叙事长诗《阔孜少年与芭彦美人》中的女主角，名唤芭彦。

拂过的每一寸青草

噢　我的族人　你的牧歌
穿过千年的岁月
回荡在我的耳畔

2

那些没有文字的记忆

被阿肯传唱

那些没有书的岁月

依然被历史铭记

托列根和姬别克①

在诗人的吟唱中恋爱

瘸了腿的野马②

在冬布拉的低吟中复活

还有那些英雄

和他们的时代一起

成为族人的丰碑

---

① 托列根和姬别克：哈萨克民间叙事长诗《少女姬别克》中的男女主人公。
② 瘸了腿的野马：哈萨克冬布拉名曲《瘸腿的野马》。相传公元1227年成吉思汗在西夏的山中打猎时受了伤，此时他很想念他的大儿子拙赤，想见见他。而拙赤在中亚的萨莱（saray）捉野马时也受了伤。下属汇报了此事，但是成吉思汗不相信，认为拙赤在推脱，大怒，说：今后，谁再提起他，我就要往他的嘴里灌熔化的铅水。不久拙赤去世了。而谁也不敢把消息告诉成吉思汗。于是士兵就找来一个阿肯，让他去说。成吉思汗问：我的儿子呢？阿肯一言不发，即兴弹了一曲。从音乐中，成吉思汗感觉到了儿子的光辉的一生和已经不在人世的消息，老泪横流，喊道：停下，我要让你永远闭嘴。阿肯说：大王，我说什么了？成吉思汗只好下令往冬布拉的共鸣腔里灌铅。

还有那些美人

和她们的美德一起

走出传说里

3

在遥远的时光里
阿布赉汗端坐在他的毡帐里
将士们围坐在他的四周
刀光剑影在一碗奶酒中沉浮

年轻的汗王
用他的强悍在一次次战争中胜出
英雄的汗王
用他的智慧守护住一寸寸疆土

汗国的辉煌
书写在厚厚的羊皮卷中
在世人的记忆中封存

汗王的宝剑
悬挂在博物馆的墙上
成为永恒

4

不能再将你关在我白雪的院落
堆完这雪人你就走吧
你原本就是个游牧的人
不需要记得这意外的相逢

把我的火把送给你吧
带上它　带上我的心跳
出发吧　我的牧人
虽然一切都不再是最初的模样

我没有毡房
我也没有故乡
不能陪着你走到人世的尽头

有水草的地方
才是你最后的归宿
出发吧　不要停留

阿
丽
玛
的
草
原

图书在版编目（CIP）数据

阿丽玛的草原 / 阿依努尔·毛吾力提 著. -- 北京：作家出版社，2016.3

（中国多民族文学丛书）

ISBN 978-7-5063-8799-6

Ⅰ. ①阿… Ⅱ. ①阿… Ⅲ. ①诗集 – 中国 – 当代 Ⅳ. ①I227

中国版本图书馆CIP数据核字（2016）第052000号

阿丽玛的草原

作　　者：阿依努尔·毛吾力提
责任编辑：李亚梓
特约编辑：赵兴红
装帧设计：曹全弘
图片摄影：觉罗康林
出版发行：作家出版社
社　　址：北京农展馆南里10号　　　邮　　编：100125
电话传真：86–10–65930756（出版发行部）
　　　　　86–10–65004079（总编室）
　　　　　86–10–65015116（邮购部）
E–mail:zuojia@zuojia.net.cn
http://www.haozuojia.com（作家在线）
印　　刷：三河市北燕印装有限公司
成品尺寸：170×240
字　　数：116千
印　　张：8.25
版　　次：2016年4月第1版
印　　次：2016年4月第1次印刷
ISBN 978-7-5063-8799-6
定　　价：25.00元